Feliz Natal!

Lee Stannel

Copyright © 2006 Lee Stannel

Editora
Eliana Maia Lista

Coordenação editorial
Daniela Padilha

Gerente de arte
Sandro Silva Pinto

Capa
Clayton Barros Torres

Projeto gráfico
Thiago Nieri

Revisão de texto
Ana Paula Santos
Karina Danza

Colaboração
Renato Maia Lista
Tarso Soares de Paula

Supervisão Gráfica
Roze Pedroso

Crédito das imagens

Big Stock Photo
Página 51.

Dreamstime
Páginas 6; 7; 8; 10; 12; 13; 15; 16; 17; 18; 19; 20; 21; 22; 23; 24; 25; 26; 27; 28; 29; 30; 31; 32; 33; 34; 35; 36; 37; 39; 40; 41; 42; 43; 44; 45; 46; 47; 50; 53; 54; 55; 56.

Getty Images
Páginas 48 e 49: Barbara Campbell.

Stock.xchng
Capa.

Dados Internacionais de Catalogação na Publicação (CIP)
(Câmara Brasileira do Livro, SP, Brasil)

Stannel, Lee
Feliz Natal! / Lee Stannel — São Paulo : DCL, 2006.

ISBN 85-368-0215-4 (antigo)
ISBN 978-85-368-0215-2 (novo)

1. Ficção brasileira I. Título.

06-7906   CDD – 869.93

Índice para catálogo sistemático:

1. Ficção brasileira : Literatura brasileira   869.93

Todos os direitos desta
obra reservados à

DCL – Difusão Cultural do Livro Ltda.
Rua Manuel Pinto de Carvalho, 80
Bairro do Limão
CEP 02712-120 – São Paulo/SP
Tel.: (0xx11) 3932-5222
http://www.editoradcl.com.br
E-mail: dcl@editoradcl.com.br

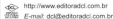

Não existe o Natal ideal, só o Natal que você decida criar como reflexo de seus valores, desejos, queridos e tradições.

Bill McKibben

Outubro, novembro, dezembro...
E o Natal chegou de novo!

Feliz Natal em alemão:
Fröhliche Weihnachten

*Comprar presente para
mãe, pai, amigos,
esposa, filhos...*

*Amigo secreto do trabalho,
dos amigos, da família.*

*Feliz Natal em búlgaro:
Tchestito Rojdestvo Hristovo*

Decidir quem vai preparar a ceia, onde vai ser...

e quem vai se vestir de Papai Noel!

Antigamente, durante a ceia de Natal, na Europa, as pessoas deixavam as portas de casa abertas para que os pobres e viajantes pudessem participar da confraternização.

*As promessas...
De iniciar um regime
logo depois da ceia de Natal.*

> O personagem Papai Noel foi inspirado no bispo Nicolau (Santa Clauss), que viveu no século IV na Turquia. O bispo ajudava, anonimamente, pessoas com dificuldades financeiras, colocando um saco com moedas nas chaminés das casas.

Ter mais tempo para passar com os filhos,

Feliz Natal em catalão:
Bon Nadal

mas ter mais trabalho
e dinheiro.

e agradecer a cada presente que a vida oferece.

Respeitar as

diferenças.

Ter os olhos abertos para enxergar as oportunidades que surgem...

e não só reclamar pelas que não surgem.

Tratar quem está ao nosso lado como gostaríamos de ser tratados...

A música Noite Feliz é a mais popular na noite de Natal e nasceu na Áustria, em 1818. A versão brasileira foi feita pelo frei Pedro Sinzig, também austríaco, naturalizado brasileiro.

e respeitar todo
tipo de vida...

Feliz Natal em chinês:
Sheng Tan Kuai Loh (mandarim)
Gun Tso Sun Tan'Gung Haw Sun (cantonês)

Olhar para o lado, e não apenas para o umbigo: o mundo vai muito além do que nossos olhos alcançam.

Estar receptivo a situações inesperadas: a vida é feita de pequenas epifanias.

Surpreender aqueles que amamos.

Cozinhar para quem amamos.

Umas das versões para a origem do panetone é que ele surgiu no ano de 900 em Milão, inventado por um padeiro chamado Tone. Daí, o bolo ficou conhecido como pane-di-Tone.

Andar descalço na grama.

Feliz Natal em grego:
Eftihismena Christougenna

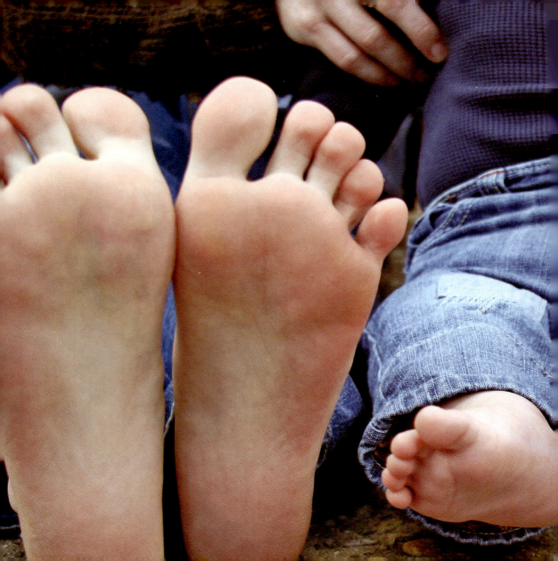

Brincar de roda

Chorar quando sentir vontade.

Procurar a alma gêmea.

Mesmo que ela dure

E mesmo que tudo pareça sempre igual, pode ter certeza de que não é.

Feliz Natal em russo:
Hristos Razdajetsja

A cada ano mudamos um pouco e nos tornamos pessoas melhores.

Porque isso é o Natal!

É renovação.

As primeiras referências à árvore de Natal moderna remontam ao século XVI, na Alemanha, atribuindo o invento ao padre Martinho Lutero. Lutero enfeitou um pinheiro com velas para mostrar às crianças como era o céu na noite de Natal.

É vida!

E, por isso, não podia ser diferente: Um Feliz Natal!!!